ようかいばあちゃんと
子ようかいすみれちゃん

最上一平●作　種村有希子●絵

新日本出版社

1――サンドイッチ

十月《じゅうがつ》の　連休《れんきゅう》に、すみれちゃんは　ようかいばあちゃんちに　やってきました。
ようかい村《むら》の　いつもの　ちゅう車場《しゃじょう》に　車《くるま》が　止《と》まると、すみれちゃんは　まちきれなくなって、走《はし》りだしました。
ようかいばあちゃんちに　つづく　坂道《さかみち》を、ダッシュ。
坂《さか》の　とちゅうの　バラの　アーチが、いらっしゃいと

いっている　気《き》がしたので、
「きたよ！」
と、すみれちゃんは　声《こえ》を　かけました。赤《あか》い　バラの　花《はな》が、シャランと　ゆれたようです。
かやぶきやねの　てっぺんしか　みえなかったけれど、ダッシュして　行《い》くと、やねが　どんどん　下《した》の　ほうまであらわれました。げんかんが　目《め》に入《はい》り、広《ひろ》い　前《まえ》にわがみえてきました。前《まえ》にわの　つきでたはしの　ほうには、ピンクの　コスモスが　さいていました。

「ワオ！」

と、おもわず声《こえ》が　でたほど　たくさん　さいていて、別世《べっせ》界《かい》に　きたようでした。

ちょっと　ハアハアしたけれど、すみれちゃんは、くるっと　家《いえ》を　背《せ》にして、ふりかえりました。ようかいばあちゃんの　家《いえ》は、ようかい村《むら》の中《なか》で　一番高台《いちばんたかだい》に　あります。

山々《やまやま》が　つらなっています。山《やま》が　おしくらまんじゅうをして　あつまっているようです。

すみれちゃんは、はなから、スーッと　いきを　いっぱいすいました。それから、おすもうさんのように、ちょっとこしを　おとすと、かた足《あし》を　ピーンと　高《たか》く　上《あ》げました。

「よいしょ！」

と、しこを　ふみました。はんたいの　足《あし》も　ピーンと　上《あ》げ、

「よいしょ！」

と、しこを　ふみました。

これは、大地《だいち》ふみという、山《やま》や　この土地《とち》への　あいさつです。それから、右《みぎ》の　手前《てまえ》に　ある　日暮《ひぐ》れ山《やま》の　ほうに

耳《みみ》を　むけて、すませました。キーンとした　しずけさの中《なか》に、かすかに　きこえてきました。

――ワッハッハッハ。

「やったあ。きこえた」

すみれちゃんは、ぽんと　とび上《あ》がって、日暮《ひぐ》れ山《やま》を　みました。わらいごえは、山《やま》の　かげから　してくるようでした。これは、てんぐわらいです。

大地《だいち》ふみも、てんぐわらいも、ようかいばあちゃんが　おしえてくれました。

てんぐさまと　ともだちだと　前《まえ》に　いったので、その時《とき》から　ばあちゃんは、ようかいばあちゃんに　なったのでした。九十一《きゅうじゅういっ》さい。

すみれちゃんは、家《いえ》の中《なか》に　とびこみました。

「ようかいばあちゃん、きたよ。ようかいばあちゃん、いるゥ？」

ざしきの、ガラスの　入《はい》った　戸《と》が、ソリソリと　あきました。そして、まっ白《しろ》な　かみのけの　おかっぱ頭《あたま》が、ニューッと　でてきました。顔中《かおじゅう》が　しわだらけです。そのし

わが　モガモガ　うごいて、　わらっているのが　わかりました。

「どちらさんだべ。ホ、ホ、ホ」

わかっているのに　わからないふりを　して、ようかいばあちゃんは　とぼけました。

「すみれちゃんだべ」

と、すみれちゃんも　とぼけました。

「あらまっ、すみれちゃんか。まってだよ」

ようかいばあちゃんは、土間《どま》まで　おりてきて、すみれち

ゃんに　だきつきました。すみれちゃんも、ようかいばあちゃんを　だきしめました。ようかいばあちゃんの　においがしました。

おとうさんは、おみやげを　おいて、すぐに　帰《かえ》っていきました。

これから　すみれちゃんは、ようかいばあちゃんちに、ひとばん　おとまりです。

お昼《ひる》に　ようかいばあちゃんと　食《た》べようと　おもって、すみれちゃんは　サンドイッチを　買《か》ってきました。コスモ

スの　さいている　にわに　ゴザを　しいて、ピクニック気《き》分《ぶん》です。カツサンド、タマゴサンド、ミックスサンド。

食《た》べる前《まえ》に、ようかいばあちゃんは、サンドイッチを　りょう手《て》で　うやうやしく　もち上《あ》げ、頭《あたま》を　さげました。

「サンドイッチなんて、すみれちゃんが　もってきてくれなかったら、食《た》べられなかったよ。ありがとう」

「よかった」

「サンドイッチ、いつ食《た》べたべ。二十年《にじゅうねん》も　三十年《さんじゅうねん》も、食《た》べたことが　なかったよ」

ようかいばあちゃんは、サンドイッチを　食《た》べました。

「うまいねえ」

すると、ようかいばあちゃんが、東《ひがし》の　空《そら》を　みながら、アッハッハッハッハッと　わらいました。すみれちゃんは、あっけに　とられました。なんなの？

「すみれちゃん、初物《はつもの》を　食《た》べたら、東《ひがし》の　ほうを　むいてわらうんだよ。そうすっとな、七十五日《しちじゅうごにち》　長生《ながい》き　できるんだ」

「ヘーッ。そしたら、カツサンドと　ミックスサンドも　食《た》

べて　わらってよ。そうすると、七十五日《しちじゅうごにち》の　三倍《さんばい》　長生《ながい》きだ」

「あれま。ちがいねえ。すみれちゃんも　わらえ」

「でも、初物《はつもの》　じゃないよ」

「かまわね、かまわね。おおめに　みてもらって、七十五《しちじゅうご》日《にち》の　三倍《さんばい》　もうけよ」

すみれちゃんも　東《ひがし》の　ほうを　みて、ワッハッハッハッハッと　わらいました。

2――しゅぎょうの　たび

「ようかいばあちゃん、これから　なにを　する？」
「なにしようかな」
「ようかいばあちゃんが　子《こ》どもの　ころって、なにして
あそんでいたの？」
「なにしたかなあ。子《こ》どもの　ころっていえば、もう　八《はち》
十年《じゅうねん》も前《まえ》だなあ。なにしてたんだべ」

「ようかいばあちゃんも、わたしと　おなじ年《とし》の　時《とき》が　あったんだよね。そのころの　ようかいばあちゃんて、どんなだったかなあ。あってみたいなあ」

と、すみれちゃんが　いった時《とき》、家《いえ》の中《なか》で　でんわが　なりました。

ようかいばあちゃんが　家《いえ》に　もどったので、その間《あいだ》にすみれちゃんは　これからの　ことを　かんがえました。てんぐわらいの　きこえる　日暮《ひぐ》れ山《やま》を　みていたら、ひらめきました。そうだ、これがいい！

ようかいばあちゃんが　もどってきました。手《て》には　黒《くろ》いはこの　ようなものを　もっています。

「ようかいばあちゃん、これから　なにするか、きめたよ」

「なにすんだい？」

「わたしね、子《こ》ようかいに　なる。ようかいばあちゃんのでしに　なって、子《こ》ようかいに　なりたいの」

「子《こ》ようかいか。それは　おもしろそうだな」

と、ようかいばあちゃんは、顔中《かおじゅう》の　しわを　そうどういんさせて　わらいました。

「ようかいばあちゃん、わたしを　でしに　してくれる？」

「ああ、いいとも、いいとも。すみれちゃんの　子《こ》ようかいは、かわいいだろなあ」

うん、うん、と　ようかいばあちゃんは　うなずきました。

「てんぐさまと　おともだちに　なったり、いろんなものと話《はなし》が　できるように　なるためには、どうすればいいの？なにか　しゅぎょうを　するの？」

「しゅぎょうか。ま、そのような　ものかのう。まず、話《はなし》がしたいと　おもったものを、よーく　みてみろ」

「うん。よくみて、それから　どうするの？」

「そうしたら、よーぐみてナ、そのものが　なにを　したがってるか、おもいを　めぐらせたら　どうだべ」

「そうぞうするってこと？」

「んだ。そうしたら、そのものらは、心《こころ》を　ゆるして　話《はな》しはじめるべ。人《ひと》でなくとも、ともだちみたいな　心《こころ》もちになれば、しめたもんだ。ずねんと　声《こえ》が　きこえてくるもんだ」

「よくみて、そうぞうするんだね」

「そうだとも。コスモスでも、その下《した》の　石《いし》ころでも、話《はな》そうと　おもえば　話《はなし》は　できるもんだ」

すみれちゃんは、ゆらゆら　ゆれている　コスモスの　花《はな》を　じっと　みました。

「そうだ。でんわきて、ばあちゃん、ちょっと　ようじ　できた。おあささんに、とどけもの」

「ようかいばあちゃん、それ、子《こ》ようかいすみれちゃんが、おてつだいするよ。しゅぎょうの　たびに　ぴったり」

「ホエーッ！　しゅぎょうの　たびナ。おもしろいごど　かんがえる。そんじゃ、たのむか。しゅうじの　どうぐ　だけどナ」

ようかいばあちゃんは、家《いえ》に　もどって、うらが　白《しろ》い　こうこくの　紙《かみ》と、マジックを　もってきました。それに　地図《ちず》を　書《か》いて　くれました。くねくねの　道《みち》、ぽつぽつある　家《いえ》。水神《すいじん》さまの　ほこら。竹林《たけばやし》。きつねづか。おあささんの　家《いえ》。

黒《くろ》い　ひらべったい　はこには、ふでと　すみと　すずりが　入《はい》っているそうです。ようかいばあちゃんは、おあささんが、どうして　しゅうじの　どうぐが　ひつようなのか、話《はな》してくれました。

おあささんは、今年《ことし》　十月一日《じゅうがつついたち》に　八十八《はちじゅうはっ》さいに　なったそうです。八十八《はちじゅうはっ》さいは　米寿《べいじゅ》といって、長生《ながい》きしたことを　おいわいするのだそうです。ようかいばあちゃんは、地図《ちず》の　あいている　下《した》に、

「八十八《はちじゅうはち》を　ちぢめると、米《こめ》という字《じ》に　なるんだよ。だから　米寿《べいじゅ》って　いうなだなあ」

と、八十八《はちじゅうはち》と　米《こめ》を　書《か》いて　みせました。

「それでな、このあたりじゃ、米寿《べいじゅ》を　むかえた人《ひと》は、長生《ながい》きしたことに　かんしゃして、八十八《はちじゅうはち》と　紙《かみ》に　書《か》いて、みんなの　家《いえ》に　くばるんだ。おふだみたいなもんだなあ。ばあちゃんも　八十八《はちじゅうはち》の　時《とき》は、書《か》いて　くばったんだ」

「おふだ？」

「んだ。おふだを　もらった　家《いえ》では、米《こめ》を　入《い》れておく米《こめ》びつに　はっておいたもんだ。長生《ながい》きして、米《こめ》にも　ふじゆうしないように、って願《ねが》ってテナ」

「ふうん。おあささんっていう人《ひと》、おふだを　書《か》くんだ」

八十八
八十八

「んだあー。すみれちゃんは、ようくわかる。かしこいなあ。えらい」

ほめられたので、いい気分《きぶん》に　なりました。

「子《こ》ようかいすみれちゃんに　まかせて。地図《ちず》も　あるから、だいじょうぶ」

「そんじゃ、子《こ》ようかいすみれちゃんに、おねがいします。たすかる、たすかる」

またまた、すみれちゃんは　いい気分《きぶん》に　なりました。

坂道《さかみち》を　おりて、ちゅう車場《しゃじょう》の　ところまで　きました。

ふりむくと　やっぱり、ようかいばあちゃんが　たっていて、手《て》を　ふっていました。帰《かえ》るのは　あしたです。帰《かえ》るとき手《て》を　ふるのは、むねが　くるしくなるけれど、今《いま》は　ちがいます。すみれちゃんは、元気《げんき》よく　手《て》を　ふりました。
「ようかいばあちゃん、行《い》ってくるよ」
地図《ちず》を　みると、ちゅう車場《しゃじょう》の　下《した》に、水神《すいじん》さまが　あります。道《みち》の　左《ひだり》がわに、小《ちい》さな　ほこらが　ありました。そのおくに、小《ちい》さな　池《いけ》が　あります。ちょうど　土手《どて》のところに、りんどうが　さいていたので、すみれちゃんは、

りんどうを　ほこらの前《まえ》に　そなえました。すみれちゃんは手《て》を　あわせました。

「水神《すいじん》さま、ほんとうは、水神《すいじん》さまって　どんな神《かみ》さまか知《し》らないんだけれど、おつかいが　ぶじに　おわりますように。そして、子《こ》ようかいすみれちゃんに　なれますように」

と、いのりました。それから、また道《みち》を　くだっていきました。

3――ハレハレ

「おあささん、おあささん。おあささんは　八十八《はちじゅうはち》。米寿《べいじゅ》の　おあささん」

と、あまり　しずかだったので、うその　うたを　うたってみました。すると、心《こころ》ぼそさが　少《すこ》し　へりました。

「おあささん、おあささん。おあささんは　八十八《はちじゅうはち》。米寿《べいじゅ》の　おあささん」

と　うたっていくと、竹《たけ》やぶが　ありました。太《ふと》い　竹《たけ》が百《ひゃっぽん》本ぐらい　天《てん》に　のびています。ゆっくり　ゆれていました。すみれちゃんは　ちょっと　こわくなりました。みんなが、こっちを　みているような　気《き》がするのです。こわかったけれど、子《こ》ようかいすみれちゃんに　なるんだ、とおもって、声《こえ》を　かけました。

「なにかようじがあるの？」

じいっと　みつめていると、竹《たけ》は　なんにも　いいません。サワサワ　葉《は》が　なっているだけです。

「これは、しゅうじの　どうぐだよ。いそぐから、みせられないの。ごめんね」

竹林《たけばやし》は、まっすぐ　立《た》って、すみれちゃんを　みているようでした。

それから、また、道《みち》を　くだっていきました。地図《ちず》ではそろそろ　きつねづかが　みえてくるはずです。地図《ちず》には三《さん》こ　山《やま》がたの　石《いし》が　ならんでいます。これを　かいたとき、ようかいばあちゃんは、

「むかしナア、ここに　きつねの　一家《いっか》が　すんでいて、村《むら》

の　子《こ》どもが　病気《びょうき》になった時《とき》、たすけたんだ」
と　話《はな》してくれました。すみれちゃんは、きつねが　たすけたって、なにを　したんだろうと　おもいながら、あるきました。すると、道《みち》の　わきの　おくまったところに、石《いし》が　三《みっ》つ　ならんでいました。ひざぐらいの、どこにでも　あるような　石《いし》でした。
「あなた、きつねづか？」
と、すみれちゃんは　たずねました。石《いし》は　なにも　いいません。

まん中《なか》の　石《いし》に、赤《あか》とんぼが　止《と》まっていました。
「ただの石《いし》だ」
といったとき、ピューと　目《め》を　あけていられないぐらいの
風《かぜ》が　ふいてきました。すみれちゃんは、思《おも》わず　顔《かお》を　お
おいました。すると、地図《ちず》が　手《て》から　はなれ、風《かぜ》が　まき
上《あ》げました。
「アッ！　ヤバイ」
地図《ちず》は　もう　みえません。しかたなく、すみれちゃんは、
ようかいばあちゃんが　書《か》いてくれた　地図《ちず》を、おもいだし

ながら　行《い》くことに　しました。たしか、右《みぎ》に　カーブした あたりから、左《ひだり》の　ほうへ　行《い》くと、おあさんの　家《いえ》だったような　気《き》がします。

カーブが　みえてきました。ところが、カーブの　ところには、二本《にほん》の　道《みち》が　左《ひだり》の　ほうに　のびているでは　ありませんか。どっちの　道《みち》だったか、地図《ちず》を　おもいだそうとしたけれど、わかりません。

「どっちなの？」

すみれちゃんは、手前《てまえ》にある　道《みち》を　行《い》くことに　しました。少し　行《い》くと、のぼり坂《ざか》になって、まわりは　りんご畑《ばたけ》に　なりました。赤《あか》く　色《いろ》づいた　りんごや、まだ　青《あお》いりんごが、木《き》に　たくさん　なっています。

「おあささん、おあささん。おあささんは　八十八《はちじゅうはち》。米寿《べいじゅ》の　おあささんの　家《いえ》は　どこ」

と、心《こころ》ぼそくなった　すみれちゃんは、うそうたを　うたって、じぶんを　はげましました。

いくらのぼっても、りんご畑《ばたけ》の　ようでした。気《き》がつくと、いいかおりが　していました。

「アッ、りんごの　かおりだ」

赤《あか》い　かわいい　りんごが、一本《いっぽん》の　木《き》に　たくさん　なっていて、おおにぎわいです。すみれちゃんは、ひとりごとを　いいました。

「おあさんの　家《いえ》は、こっちじゃないのかなあ」

すみれちゃんは、赤《あか》い　りんごを　じっと　みました。じっと　じっと　みていると、なんだか　じぶんも　りんごになったような気分《きぶん》です。むねの中《なか》が　シーンと　しました。

すると、りんご畑《ばたけ》が　しずかに　ザワザワ　しました。

「ちがうよ、ちがうよ」

「こっちに　家《いえ》　なんかないよ」

「道《みち》が　ちがうんだよ」

「ひきかえせ、ひきかえせ」

と、声《こえ》が　してきました。ウソ？　りんごの　声《こえ》？　すみれちゃんは、ちかくに　なっている　大《おお》きな　りんごを、まじまじと　みました。

「まちがったんだ。だから　あえたんだよ」

りんごに　口《くち》が　あるわけではないけれど、やっぱり　り

んごの　声《こえ》　でした。
「わかった。りんごさんたち、ありがとう」
すみれちゃんが　そういうと、りんごたちは　シーンとしたのでした。
すみれちゃんは　ひきかえして、もうひとつの　道《みち》を　行《い》きました。
すると、すぐ　家《いえ》が　ありました。
ゆうきを　だして、すみれちゃんは　げんかんを　あけました。

「こんにちは。ここは　おあささんの　家《いえ》ですか？」
家《いえ》の中《なか》から、おばあさんが　でてきて、げんかんの　マッ
トの　ところに、ちょこんと　せいざしました。小《ち》っちゃな
おばあさんでした。
「ハレハレ、おめえさん、すみれちゃんだべ」
体《からだ》は　小《ちい》さいけれど、声《こえ》は　大《おお》きくて、そのうえ　名前《なまえ》を
よばれたので、びっくりしました。
「はい、すみれです」
「ハレハレ、よう来《き》てくれた。さっきナ、ばあちゃんから、

すみれに　おねがいしたって、でんわが　あったんだ。ウン。ごくろうさま」

それで、すみれちゃんは、そうだったのかと　なっとくしました。

「ハレハレ、上《あ》がれ上《あ》がれ」

おあささんは、しゅうじの　どうぐを　うけとると、すみれちゃんの　手《て》を　ひいて、家《いえ》の中《なか》に　まねきいれました。

茶《ちゃ》の間《ま》に　行《い》くと、おあささんが　ふくろを　あけて、あまなっとうを　おさらに　だしてくれました。

「これはな、日本一《にほんいち》 うまい、あまなっとうだ。サーサ、食《く》え食《く》え」

すみれちゃんは、ひとつ あまなっとうを つまんで 食《た》べました。

「すみれちゃん、あしたには かえるんだってナー。学校《がっこう》あるべからナー。よし、すみれちゃんにも、もらってもらうべ」

おあささんは、すみれちゃんが もってきた しゅうじのはこを あけ、すみを すりはじめました。

「まってろ。すぐ　書《か》くから」

そして、和紙《わし》を　たんざく形《がた》に　切《き》りました。ふでに　たっぷりと　すみをつけて、八十八《はちじゅうはち》と　二《に》まい　書《か》きました。

「ハレハレ、あまりじょうずでねえナ。でも、よめるべ。すみれちゃんと、ばあちゃんの　ぶんだ。もらってけろ。しゅうじの　どうぐは、もうすこし　かりていますと　いってけろ」

おあささんは、おさらの　あまなっとうを　ふくろに　もどして、もたせてくれました。

おあささんの家《いえ》を　でると、おつかいが　ぶじにすんで、ホッと　しました。八十八《はちじゅうはち》の　おふだも　もらいました。日本一《にほんいち》の　あまなっとうも。

あるきながら、すみれちゃんは、おあささんを　おもいだしていました。

「ハレハレって、どういうこと」

4――ようかいばあちゃんになる

ハレハレ、ハレハレ、といいながら、ようかいばあちゃんの家《いえ》に　もどりました。

バラのアーチを　くぐって、前《まえ》にわに　立《た》つと、コスモスの　花《はな》の前《まえ》に、しらない女《おんな》の子《こ》が　立《た》っていました。

「アッ。帰《かえ》ってきた」

と、女《おんな》の子《こ》が　走《はし》ってきました。

「だれ?」

「フキ」

「フキちゃん?」

「うん」

フキちゃんは、きものを　きていました。ゲタを　はいています。

「あそびにきたんだよ」と、フキちゃんは　いって、くびにまいていた　赤《あか》い　毛糸《けいと》を　とりました。

「なにしてあそぶの?」

「あやとり」

すみれちゃんは、あやとりなど　したことは　なかったけれど、フキちゃんに　おそわりました。しばらくすると、じょうずに　とれるように　なりました。

「これ、おあさんに　もらったの。食《た》べる？」

あやとりを　ちょっと　きゅうけいして、すみれちゃんは、フキちゃんの　手《て》のひらに、あまなっとうを　のせました。じぶんの　手《て》にも　とります。二人《ふたり》は、えんがわに　すわって　食《た》べました。

「あまくて、とっても　うまい。ベロ　なくなりそう」

と、フキちゃんが　にこにこして　いいました。

「うん、日本一《にほんいち》の　あまなっとうだって。うまいね」

「もう、家《いえ》の　手《て》つだいを　しなくちゃいけないから、帰《かえ》るね。いつか、また、あそぼ。これ、あげるよ」

そういって、フキちゃんが　あやとりを　した　赤《あか》い　毛《け》糸《いと》を、すみれちゃんの　くびに　かけてくれました。

「もらっていいの？」

「うん、日本一《にほんいち》の　あまなっとうの　おかえしだよ」

そういって、二人《ふたり》で　コスモスを　みて、気《き》がつくと、フキちゃんは　きえていました。さよならも　いわずに。ふしぎな　感《かん》じが、えんがわの　あたりにも、コスモスの　花《はな》のあたりにも、ただよっています。

すみれちゃんは、げんかんに　立《た》って、なにげなく　ひょうさつを　みました。白田《しらた》フキ、と、ようかいばあちゃんの名前《なまえ》が　かけてあります。

「ただいまあ」

大《おお》きな　声《こえ》で、すみれちゃんは、家《いえ》の中《なか》に　いいました。

ようかいばあちゃんが、外《そと》に　できました。

「ようかいばあちゃん、おあさざんに、しゅうじの　どうぐ　とどけたよ」

「ホエーッ。すみれちゃん、ありがとう。えらいなあ」

ようかいばあちゃんが、すみれちゃんに　だきついて　きました。おおげさだと　おもったけれど、ほめられて、むねの中《なか》が　あたたかくなりました。

「そうだ。これこれ」

えんがわに　おいておいた、八十八《はちじゅうはち》の　おふだを　みせ

ました。

「わたしのぶんも、書《か》いてくれたんだよ」

「ホエーッ、よかったなあ」

「それから、あまなっとうも　もらった」

すみれちゃんは、ようかいばあちゃんの　手《て》のひらに、ふくろから、あまなっとうを　のせました。ようかいばあちゃんが、にこにこして　つまみました。

「あまくて、とってもうまい。ベロ　なくなりそう。さすが日本一《にほんいち》の　あまなっとう」

すみれちゃんは、さっきも　同《おな》じことを　きいた　気《き》がしました。

「それから、さっき、フキちゃんという子《こ》と　あそんだんだよ。あやとりした。それで　毛糸《けいと》　もらった」

「あれま。よかったなあ。ばあちゃんも、昔《むかし》は　やったもんだ。すみれちゃんと、あやとり　やってみるかな」

「うん、やろやろ」

すみれちゃんと　ようかいばあちゃんは、えんがわで　あやとりを　はじめました。

夕《ゆう》ごはんに、ようかいばあちゃんは、いろりで　いもにをつくってくれました。

大《おお》きな　なべに、さといもと、しいたけと、ぶたにく、こんにゃく、ねぎ、とうふが　入《はい》っています。すみれちゃんは、二度《にど》も　おかわりしました。それから、みその　ついた、こうばしい　やきおにぎりも、食《た》べました。

次《つぎ》の日《ひ》の　お昼前《ひるまえ》に、おとうさんが　むかえにきました。

帰《かえ》るとき、げんかんを　でたところで、すみれちゃんは　ようかいばあちゃんに　話《はな》しかけました。

「ようかいばあちゃん、わたしね、子《こ》ようかいすみれちゃん

に　なる。そして、八十八《はちじゅうはち》の　米寿《べいじゅ》に　なって、ようかいばあちゃんと　おなじ　九十一《きゅうじゅういっ》さいに　なって、ほんものの　ようかいばあちゃんになるんだあ」

「ホエーッ、それはいいなあ。長生《ながい》きしたら、おもしゃえ。すみれちゃんが　ようかいばあちゃんに　なったら、ばあちゃんは　日暮《ひぐ》れ山《やま》から　あそびに　来《く》る。また、あやとりするべえ」

「うん、するする」

すみれちゃんは、赤《あか》い　毛糸《けいと》を、ネックレスのように　首《くび》

に　まいています。

「ようかいばあちゃん、やくそくしたよ」

「うん、やくそくだ」

にっこり　わらって、ようかいばあちゃんが　だきついて

きました。すみれちゃんも、ぎゅっと　ようかいばあちゃん

を　だきしめました。

それから、すみれちゃんは　坂《さか》を　おりて、ちゅう車場《しゃじょう》

まで　きました。ふりかえると、前《まえ》にわの　コスモスの中《なか》に、

ようかいばあちゃんが　立《た》って、手《て》を　ふっていました。

「すみれちゃん、またこいなあー」

「うん、またくるよー」

「またこいなあ、すみれちゃーん」

「またくるよ。ようかいばあちゃん、元気《げんき》でねー」

すみれちゃんも　大《おお》きく　手《て》を　ふって、車《くるま》に　のりこみました。車《くるま》が　うごきだしても、ようかいばあちゃんは、まだ　手《て》を　ふっています。まわりの　コスモスも、手《て》に　あわせて、右《みぎ》に　左《ひだり》に、ゆれています。

作・最上《もがみ》一平《いっぺい》

一九五七年山形県生まれ。『銀のうさぎ』で日本児童文学者協会新人賞、『ぬくい山のきつね』（ともに新日本出版社）で日本児童文学者協会賞、新美南吉児童文学賞、『じぶんの木』（岩崎書店）でひろすけ童話賞、『たぬきの花よめ道中』（岩崎書店）で日本絵本賞受賞。作品に『すみれちゃんとようかいばあちゃん』『あらわれしもの』（ともに新日本出版社）など多数。

絵・種村《たねむら》有希子《ゆきこ》

一九八三年北海道生まれ。多摩美術大学美術学部絵画学科卒業。『きいのいえで』（講談社）で第34回講談社絵本新人賞受賞。絵本に『まなちゃんはおおかみ』（偕成社）、『ふぶきのみちはふしぎのみち』（アリス館）、挿絵を担当した作品に『まじょのむすめ　ワンナ・ビー』（竹下文子／作　偕成社）、『ようかいばあちゃんのおまがどき』（最上一平／作　新日本出版社）他がある。

913　最上一平・種村有希子
ようかいばあちゃんと子《こ》ようかいすみれちゃん
新日本出版社
63 P　22cm

ようかいばあちゃんと子《こ》ようかいすみれちゃん

2024年9月30日　初　版

作　者　最上一平　画　家　種村有希子
発行者　角田真己
発行所　株式会社　新日本出版社
〒151-0051　東京都渋谷区千駄ヶ谷4-25-6
TEL　営業03(3423)8402　編集03(3423)9323
info@shinnihon-net.co.jp　www.shinnihon-net.co.jp
振　替00130-0-13681
印　刷　光陽メディア　製　本　東京美術紙工

落丁・乱丁がありましたらおとりかえいたします。

ISBN978-4-406-06812-3　C8393　Printed in Japan